Marcel ANDRÉ

FLEURS DE BREGILLE

Poésies Posthumes

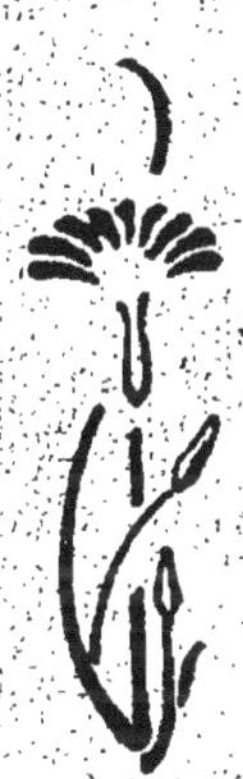

Celui qui fit ces vers, est mort à dix-huit ans,
Tel l'amandier précoce au début du printemps
Meurt pour une neige qui tombe !...
Il ne reste de lui que ce bouquet glané
Que d'une main pieuse ainsi qu'un frère aîné
Nous venons poser sur sa tombe.

François COPPÉE.

BESANÇON

Collection de la "JEUNE COMTÉ"

22, Rue Charles-Nodier

1909

Marcel ANDRÉ

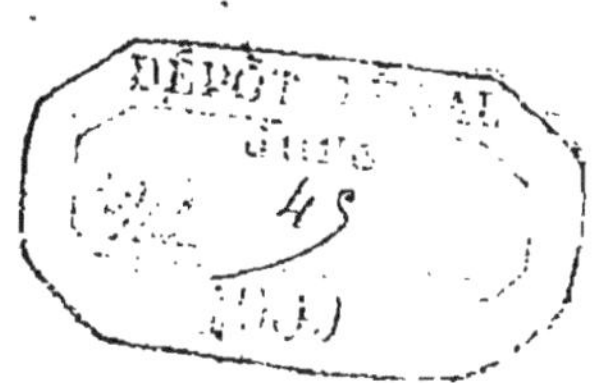

FLEURS DE BREGILLE

Poésies Posthumes

Celui qui fit ces vers, est mort à dix-huit ans,
Tel l'amandier précoce au début du printemps
Meurt pour une neige qui tombe !...
Il ne reste de lui que ce bouquet glané
Que d'une main pieuse ainsi qu'un frère aîné
Nous venons poser sur sa tombe.

François COPPÉE.

BESANÇON
Collection de la « JEUNE COMTÉ »
22, Rue Charles-Nodier
1909

PRÉFACE

Par une pieuse et touchante pensée qui les honore, les parents de Marcel André et les amis de ce dernier, particulièrement les membres de la *Jeune Comté,* ont tenu à réunir en ce petit volume les poésies du défunt.

Ce sera la réalisation du plus beau rêve de Marcel André.

Depuis longtemps, en effet, il avait exprimé le désir de publier en plaquette ses premiers essais poétiques sous le titre : *Fleurs de Bregille.*

Nous n'avons pas cru devoir le changer.

Pouvait-on, du reste, trouver un titre plus joli, plus évocateur ? C'est en effet, dans la petite villa toute rose au milieu de la verdure, sur ce mont de Bregille, dominant la vieille cité bisontine, que Marcel André composa ces vers.

Un livre à la main, il s'en allait par les beaux jours vers le petit bois tout proche, il écoutait le concert des oiseaux, les mille bruits de la nature en sa floraison, il imprégnait son âme de cette fraîcheur parfumée des sommets, rêvait ensuite de la communiquer à ses vers ; et ces vers, il les soupirait à peine :

Mon cœur murmure en ma poitrine
Entendez-vous ?
Il dit une chanson câline
Aux mots très doux,
Si doux, qu'il faut pour les comprendre
Vous approcher...

Ces quelques vers résument bien l'œuvre de Marcel André, des mots très doux, très tendres, qui chantent doucement, vers qui sont bien les frères de ces fleurs de Bregille pâles et parfumées qui se blottissent dans la mousse humide de rosée et qu'il faut se pencher pour voir...

Ce bouquet de fleurs cultivées avec tant d'amour ne devait, hélas, s'épanouir que sur une tombe.

En effet, le 10 mai 1909, un terrible accident arracha brutalement Marcel André à l'affection de ses parents et de ses amis. Voulant établir une panoplie et oubliant qu'une des armes était chargée, il se blessa mortellement en la maniant.

Tous ceux qui ont connu Marcel André, qui ont su la noblesse de son caractère, la fermeté de ses principes moraux, comprendront dans quel état d'âme il succomba.

* * *

Marcel André naquit à Besançon, le 30 juin 1891. Il commença ses études dans l'Etablissement des Pères Eudistes, ces derniers ayant dû prendre la route de l'exil, il entra chez les Frères de Marie, puis il partit au Collège Perrenot de Grandvelle, d'Ornans, où il prépara brillamment la première partie de son baccalauréat, et qu'il ne quitta que parce qu'on n'y faisait pas de philosophie.

Il revint au Lycée Victor-Hugo, à Besançon, préparer son baccalauréat de philosophie qu'il obtint en 1908, depuis lors, il suivait les cours de droit et de lettres pour préparer sa licence.

Depuis quelques années, Marcel André s'amusait à rimailler, mais par un sentiment de délicatesse, il cachait soigneusement ses premiers essais. Ce ne fut que lorqu'il eût obtenu son baccalauréat qu'il montra ses vers aux amis, lesquels à juste titre, l'encouragèrent de leurs éloges. *La Dépêche,* de Besançon, *Les Gaudes,* et différentes revues littéraires publièrent de ses œuvres sous la signature d'André Carmel.

L'étude de la philosophie eût une influence profonde sur Marcel André, son caractère rêveur, personnel et enthousiaste s'imprégna de la doctrine de ses maîtres préférés : Sully-Prud'homme et Guyau.

Leur philosophie un peu âpre, leur tristesse d'idéalistes broyés par la matière, leurs généreuses chimères mirent leur cachet sur l'âme du jeune poète.

Il connut les enthousiasmes des idées généreuses, la peine de voir souffrir les malheureux sans pouvoir les consoler, et lui, qui avait tout ce qu'un jeune homme peut désirer pour être heureux, souffrit de voir partout le mal vainqueur... Ah ! donner au monde plus d'amour et de bonté, presser l'avènement d'une société plus fraternelle, faire triompher le Travail et la Vertu, hâter enfin :

Le jour qui doit venir
Où nul ne pourra seul ni jouir ni souffrir,
Où tout se mêlera, plaisirs, peines, pensées
Tous les hommes, alors, de leurs mains enlacées
Formeront une chaîne immense...
...Où chacun portera dans son cœur dilaté,
En dût-il se briser, toute l'humanité.

Ce fût le rêve de Marcel André, il nous souvient de lui avoir entendu citer ces vers de Guyau avec ferveur. On comprend alors combien il souffrait de voir chaque jour la réalisation de son idéal plus compromise.

Mais Marcel André ne se donna pas complètement à cette philosophie humanitariste. Profondément croyant, il n'abandonna pas la foi de son enfance, dans laquelle il retrouvait cette sérénité d'âme que nous refuse souvent toute doctrine philosophique. Il aimait les enfants, jouait avec eux. On se souvient avec quel dévouement il s'occupait du Patronage Jeanne-d'Arc, dont tous les petits enfants le chérissaient. Avec ses parents, ses amis, Marcel était gai, affable, il savait se faire aimer, on le vit très bien du reste, par l'inoubliable manifestation de douleur et de sympathie que furent ses obsèques.

* * *

Des vers que nous avons réunis, beaucoup sont inachevés, on n'y cherchera donc pas une perfection de forme, exigée des écrivains dans leur maturité, on tiendra compte de l'âge de l'auteur, de l'inexpérience du débutant. Alors on comprendra ce que ces fleurs fauchées avant leur floraison auraient pu avoir d'éclat ; on comprendra quelle âme fût celle du disparu. Ame vibrante à l'espérance, compatissante aux malheureux, bonne à tous, enthousiaste d'idées généreuses, et l'on aura une larme pour tant de promesses évanouies au souffle de la mort.

Nous ne sommes pas de ceux qui discutent les volontés divines, quelque douloureuse que soit l'épreuve, nous n'avons pas le droit d'en accuser la Providence aux insondables desseins ; comme Marie de Béthanie, Marcel André n'a-t-il pas eu la meilleure part ?... Il est mort un matin de printemps avant d'avoir connu la douleur des rêves brisés, des haines sournoises, des mille soucis de la vie, et comme le disait le poète des *Humbles :*

Heureux qui n'a vécu qu'un jour en floréal,
Heureux qui meurt tout jeune avec son idéal,
Dieu lui fait grâce et le délivre !
Car, vivre c'est souffrir ! quels maux n'eût pas souffert
Le cœur ardent et bon qui s'épanche en ces vers !
Il portait la marque fatale,
L'Art, le Bonheur, l'Amour, à ses yeux avaient lui,
Il n'a pas eu le temps de voir fuir devant lui
Tous ces mirages de Tantale !

* * *

Un mois à peine avant sa mort, Marcel André fonda avec quelques amis « *La Jeune Comté* ». Le premier il avait eu l'idée de réunir les jeunes littérateurs de la province en un groupe amical pour s'aider mutuellement à poursuivre leur idéal. Ce fût dans sa chambre qu'eût lieu la première réunion ; que de projets évoqués ce jour là... L'œuvre de Marcel André a prospéré, notre jeune société qui devient de jour en jour plus importante, garde au cher défunt un souvenir de reconnaissance et d'affection.

Laisser un sillage de bonté et de douceur, en lesquelles revit un peu de son âme, n'est-ce pas le rêve ultime de tout vrai poète ?

Marcel André survivra dans nos cœurs. Ses *Fleurs de Bregille* ne se faneront pas, elles nous parleront toujours de l'ami qui s'en est allé, du doux poète disparu, que nous pleurons maintenant.

LÉON MONNIER,
Président de la *Jeune Comté.*

A mon ami Marcel ANDRÉ,
ce Souvenir ému.

Nul ne sait le moment au sablier de l'heure
Qui, scellant notre rêve en l'ultime demeure,
Jettera notre nom à l'oubli du passé ;
Rien n'arrête le bras, dans l'ombre stercoraire,
Du temps enveloppant nos épaules du suaire
Tissu des jours défunts, lourdement compassé.

Lorsque c'est un vieillard que sa faulx nous enlève,
Un moribond qui dès longtemps attend la trêve
De l'éternel repos en l'éternel sommeil ;
La mort est douce alors, et la tombe une grâce,
C'est comme doucement une flamme s'efface :
Au soir auréolé la chute du soleil.

Mais si pour perpétrer en paix son infamie,
Elle vient s'embusquer au printemps d'une vie,
Au jardin des espoirs de l'idéal en fleurs,
Elle est lâche, accroupie au centre des ténèbres,
De venir, au chevet de la couche funèbre,
Goule ivre du charnier, se repaître de pleurs.

Et s'il faut s'incliner devant le doigt rigide,
Inflexible, qui clot notre lèvre livide
Aux baisers de la vie. Il reste cet orgueil
A l'homme que le geste immuable décime,
En conservant un nom, d'arracher la victime
A la nuit silencieuse et morne du cercueil.

RECONQUISTA.

MES VERS

Les eaux du lac d'azur dorment silencieuses ;
Lors, une jeune fille en poses gracieuses
Pour se mirer, coquettement sur l'eau se penche
Et voit s'y refléter une autre Elle plus blanche...
— Ainsi sur mes vers mon âme s'est inclinée,
Son image, plus vague, y reste dessinée !

LA JEUNESSE

La Jeunesse est comme une fleur,
Elle en a l'exquise fraîcheur
Mais aussi la courte durée.
...La Jeunesse est vite fanée !

Parfois, au hasard, dans un pré
Passe un papillon diapré,
Un instant sur une corolle
Il se repose, puis, s'envole...

Ainsi, la Jeunesse s'en va,
Et de tout ce qu'elle rêva
De bonheur, d'amour et de gloire
Il ne reste que la mémoire !

— « Enfants qui passez trottinant
La main dans la main, gentiment,
Qui me faites avec tristesse
Penser au temps de ma jeunesse,

Ah, ne grandissez pas trop vite !
Les petits, ce sont les heureux !
Lorsque la jeunesse nous quitte
Le bonheur dit alors : adieu ! »

PROMENADE NOCTURNE

Quand tout s'est endormi, lorsqu'enfin se sont tus
Tous les fracas du jour, lorsque l'on n'entend plus
Que des sons étouffés comme des voix très douces :
Murmures éloignés que font au loin les sources,
Chocs de feuilles dans leur léger frémissement ;
Il fait bon dans la nuit s'en aller lentement,
Errer seul, au hasard, dans l'herbe des prairies,
Abandonnant son âme aux vagues rêveries.

Alors, on comprend mieux la chanson des ruisseaux,
Ou les soupirs du vent dans les grêles roseaux ;
Le passé ressuscite en douces souvenances,
L'avenir vient à nous en jeunes espérances.
Et l'on croit voir du ciel se pencher jusqu'à nous
Enveloppant la terre en un regard très doux,
D'un geste immense, Dieu bénir dans la nature
Tout ; de l'homme qui dort, au ruisseau qui murmure.

VOIX DES CHOSES

Toute chose parle à qui sait entendre,
L'insecte et l'oiseau, la source et la fleur
Ont tous une voix infiniment tendre
Pour dire leur joie ou bien leur douleur.

Mais il en est qui ne savent entendre
Les choses près d'eux murmurer tout bas,
Les poètes seuls savent les comprendre
Eux que trop souvent on ne comprend pas !

Et quand ils s'en vont au bord des fontaines
Rêver, ils savent entendre auprès d'eux
Les choses tout bas sangloter leurs peines
Et murmurer des mots harmonieux !

LES ABEILLES

Les abeilles volent, fouillant
Jusques au fond tous les calices,
De leurs pattes y recueillant
Le pollen aux chères délices.

Et nous conserverons longtemps
Dans la bouche une odeur subtile
A nulle autre ne ressemblant
Etant composée avec mille.

C'est ainsi que font les poètes,
De tout, ils prennent la beauté,
Pour les autres hommes l'apprêtent,
Ils en font un miel parfumé...

Des vers aux douceurs musicales
Au dehors de beauté, mêlant
Quelques tendances idéales
Vers le Bon, le Noble et le Grand,

Et les hommes, de la lecture
De leurs vers, conservent ainsi,
De faire leur âme plus pure
Et de mieux agir, le souci !

AUX PETITS ENFANTS

Petits enfants purs et candides,
Vous êtes bons naïvement,
Vous ouvrez vos âmes limpides
Et vos cœurs à tous largement.
Vous ne connaissez de la vie
Et des hommes que la douceur,
Un rien vous fait l'âme ravie,
Aussi vous croyez au bonheur,
Et parfois vous y faites croire
Ceux que l'existence a meurtris.
Près de vous, on perd la mémoire
De tous les maux qu'on a subis.
Vers vous ceux dont l'âme est blessée
Trouvent le courage et l'espoir,
L'espérance on l'avait laissée,
On y revient rien qu'à vous voir.

L'EXEMPLE

Un jour, je m'amusais à faire ricocher
Des pierres qui par bonds allaient vers l'autre rive.
De tous les points que les cailloux faisaient toucher
Des ondes s'étendaient troublant toute l'eau vive...

Je me mis à penser qu'il en était ainsi
Dans le fleuve mouvant que composent les hommes :
Une parole, un seul acte, cela suffit
Pour nous entraîner tous, en singes que nous sommes !

Notre plus grand ressort ce n'est pas l'intérêt,
C'est l'exemple d'autrui, ce que nous voyons faire
Par un de ceux qui vont en nous touchant de près.
Sans s'en douter chacun de nous meut une sphère.

Et je pensais que si nous voulions bien agir,
Donner l'exemple bon, comme on lance une pierre ;
Nous verrions, s'amplifiant un grand remous courir
Sur l'Humanité, la secouant toute entière...

CLAIR DE LUNE

Les fontaines au loin chuchotent doucement
Dans leur langage aux mots pleins de fraîcheur exquise
Qui rythment des rameaux le lent balancement
Et caressent l'oreille ainsi que fait la brise.

Sur les bosquets, la lune accroche des lueurs
Où viennent voltiger les corps noirs des phalènes
Qui s'étaient endormis sur les tiges des fleurs
Et rêvaient enivrés de suaves haleines...

A la fenêtre ouverte, en toilette de nuit,
Blanche, une jeune fille est appuyée et rêve,
En son cœur pénétré de ce silence ami,
Quelque chose de vague et de divin s'élève

Indécis et confus... est-ce un pressentiment
De l'Amour qui bientôt dans son âme doit naître ?
Est-ce un éveil d'amour ?... Ou bien, tout simplement
Le parfum de la nuit qui monte et la pénètre ?

ROMANCE

Mon cœur murmure en ma poitrine.
Entendez-vous ?

Il dit une chanson câline
Aux mots très doux.

Si doux qu'il faut pour les entendre
Vous rapprocher.

Ne vous laissez, à les comprendre,
Effaroucher.

C'est une très vieille romance,
Vous le savez.

Mais sitôt qu'on la recommence
On est charmé.

Elle est naïve, elle est touchante
Ecoutez-la.

Ecoutez-bien : l'âme tremblante,
On la dit bas.

Il y revient, toujours les mêmes,
Ces mots très doux !

« Si vous voulez savoir qui j'aime
Eh bien c'est vous ! »

Ecoutez ma chanson câline
Faite pour vous.

LE REFUGE

Que ce soit une femme, ou la Science ou le Beau,
C'est un besoin pour nous d'avoir une chimère
Qui nous fasse oublier parfois notre misère
Et qui de l'existence allège le fardeau.

Ainsi que nous levons les yeux au grand ciel pur
Pour en bien effacer les images des villes,
Ainsi pour s'élever à des choses tranquilles
Il faut avoir dans l'âme un petit coin d'azur.

Lorsque par un orage en mer on est surpris
Il faut avoir un port où le bateau s'arrête
Pour y retrouver loin du souffle des tempêtes
Le repos et la force et partir raffermi...

Ce coin d'azur, ce port calme et sûr, où toujours
Aux heures du danger l'âme se réfugie,
Idéal assez grand pour remplir une vie :
Au plus profond du cœur c'est un solide amour !

VOUS AVEZ SEIZE ANS

La presque intimité de jadis est finie,
Nous ne nous verrons plus maintenant dans la vie
Qu'avec froideur, pendant de rapides instants...
Vous avez seize ans !

Je suis de ces amis d'enfance qu'on oublie
Surtout lorsqu'on est ainsi que vous, jolie,
Et que l'âge est passé des jeux dits innocents...
Vous avez seize ans !

Mais au fond de mon cœur le souvenir persiste
De l'amitié d'antan, souvenir doux et triste
Cher entre tous, que ma mémoire avec amour
Gardera sans retour.

Notre enfance est finie et notre amitié cesse
Vous les oublierez... moi, chacune d'elles laisse
En mon cœur le regret de nos âges d'enfants.
Vous avez seize ans !

Ce sont les souvenirs attristés qu'on préfère,
J'évoquerai toujours votre image si chère
Alors que vous n'étiez qu'une fleur de printemps
Quand vous aviez douze ou treize ans !

PRINTEMPS

D'un coup d'invisible baguette
Le printemps vient de réveiller
La nature endormie, et jette
A la porte, l'hiver gelé.

Des pays plus chauds il rappelle
Le chœur des oiseaux envolés,
Leur apprend des chansons nouvelles
Sur des airs qu'il a composés.

Et lorsque les forêts sont prêtes
Il va dans les villes chercher
Ses amis, amoureux poètes,
En leur disant « Venez rêver !

« Sur les moelleux tapis de mousse
« Préparés pour vous recevoir,
« Ecoutez la chanson des sources,
« Souriez-vous dans leur miroir ! »

Il leur souffle la douce haleine
Des zéphyrs chargés de parfums,
Et leur verse l'oubli des peines
Et de tous leurs amours défunts.

Il crépit de fraîche jeunesse
Les cœurs malades et fêlés.
Puis il les remplit d'allégresse,
De courage et d'espoir mêlés !

Et lorsque sa tâche est finie,
Quand dans les bois tout a chanté
Un hymne grandiose à la vie,
Il laisse la place à l'été.

LE BRUIT DE LA VIE

En été, lorsqu'on va dans les forêts s'étendre,
Il est un bruit parfois qu'il arrive d'entendre,
Nous le devinons fait de mille autres mêlés,
Mais nous n'arrivons pas à le décomposer.

Ce murmure complexe et confus est l'ensemble
De tous les sons du bois : une feuille qui tremble,
Un insecte qui saute, un oiseau qui s'enfuit,
Ou la sève apportant la force, qui jaillit.

Un bruit imperceptible avec d'autres se mêle
Pour former celui de la Vie universelle.
Dans les forêts ce que nous entendons, c'est lui
Le sourd palpitement de la Terre qui vit !

AUTOMNE

Dans les roseaux le vent soupire,
A terre les feuilles frissonnent,
Un rayon de soleil expire
Sur les prés que jaunit l'automne.

Comme les aïeules vieillies
Qui meurent avec un sourire
Au coin de leurs lèvres pâlies,
Doucement la Nature expire.

Mais toujours aussi jeune et belle
Au printemps elle ressuscite,
La vie en elle est éternelle...
Sans retour l'homme passe vite !

Il ne sait s'il pourra renaître
Dans une existence nouvelle
Et désire surtout connaître
Ce que la mort traîne après elle...

L'HIVER DU POÈTE

Le poète a chanté
    Tout l'été :
Les bois peuplés d'oiseaux,
    Les ruisseaux
Et leurs rives fleuries,
    Les prairies,
Et dans le ciel sans voiles
    Les étoiles.

Mais l'hiver est venu,
    L'arbre est nu
Et l'oiseau s'est enfui
    Au Midi.
Les prés sont blancs, la neige
    Les protège.
Les sources des vallées
    Sont gelées.

Le poète est resté
    Attristé.
Ce qu'il avait aimé
    S'est fané.
La nature est sans âme,
    Une larme
Coule de sa paupière
    Goutte amère.

Puis le calme est venu,
    Il s'est tu,
Résigné maintenant,
    Il attend
Qu'à nouveau l'herbe épaisse
    Reparaisse,
Et qu'à nouveau les roses
    Soient écloses...

— Partout un silence de mort,
La terre a mis son voile blanc.
Pendant que la nature dort
Le poète muet... attend !

SOMMEIL D'ENFANT

Son bras nu replié sous sa tête, il repose :
Et sous le nimbe d'or que lui font ses cheveux
Se cachent le cou blanc et le visage rose.
On dirait un petit ange tombé des cieux.
Son souffle fait baisser le drap ou le soulève
Autant que peut le faire une haleine d'enfant.
Par moments il sourit (c'est sans doute qu'il rêve)
Et sa bouche gazouille un doux appel : Maman.

Et parfois on croit voir à ses épaules frêles,
Le duvet délicat de deux mignonnes ailes,
Prêtes, si le Seigneur ainsi l'avait voulu
A l'emporter au ciel comme il en est venu.

RAYON DE SOLEIL

Rayon de soleil qui viens mettre
En ma chambre un peu de clarté ;
Dans mon cœur aussi, la gaieté
A ta lueur vient de renaître.

Dans le rayon que tu m'envoies
Mille atomes viennent danser,
Et dans mon cœur tu fais vibrer
De nouveau la fibre des joies...

Ta lumière est une promesse
Du printemps lumineux qui vient
Et voici que mon cœur devient
Comme autrefois plein de jeunesse.

FRATERNITÉ

Tristes, sans cause ni raison,
Heureux d'un rien, d'un papillon,
Amoureux de choses légères
Le poète et l'enfant sont frères...

Ils aiment le parfum des roses,
Le chant des oiseaux dans les bois,
Ils comprennent l'âme des choses
Et savent entendre leurs voix.

Chacun d'eux très vite abandonne
L'œuvre qu'il avait commencé,
Chacun d'eux oublie et pardonne
Aussitôt qu'il est offensé.

Et c'est pourquoi l'on voit souvent
Ensemble un poète, un enfant
Causer au bord des sources claires :
Le poète et l'enfant sont frères.

L'AVENIR

Le passé s'enfuit ne laissant pour trace
Qu'un reflet de lui dans le souvenir ;
Le passé n'est plus et le présent passe
A nous bien à nous reste l'avenir ! !

Ce temps qui n'est pas, nous pouvons le faire
Tel que nous voulons, si nous voulons bien.
Voici que se lève une aurore claire,
Nos rêves seront des actes demain !

Il est tout un peuple en nous qui s'agite :
Désirs d'idéal, bonnes intentions.
Préparons-nous bien, demain viendra vite,
Il faudra que nous les réalisions.

Tous ces projets d'actes sont les semailles,
Nous avons jeté dans les champs, le grain.
Comme il était bon voici qu'il tressaille
Et de beaux épis germeront demain !

O RÊVE OU L'ON OUBLIE

O Rêve, porte ouverte à l'homme sur le ciel,
Où l'on est délivré du monde matériel,
Où n'atteignent plus les contraintes de la vie,
Je te reprends, ô route tant de fois suivie,
Viens apaiser mon âme, ô Rêve où l'on oublie !

O toi qui devant moi ne t'enfuyais jamais,
Où toujours quand je souffrais j'ai trouvé la paix,
Où l'âme, en quête d'Idéal, se réfugie,
Je viens le cœur malade et l'âme endolorie,
Viens apaiser mon âme, ô Rêve où l'on oublie !

Seconde Partie

RÉSOLUTION

Je veux faire le bien, je veux me rendre utile
A ceux qui, comme moi marchent dans le chemin
Où l'Humanité va devant elle, sans fin.
Ce que je sens en moi, de puissance virile.

Je veux leur consacrer mon existence entière,
Soulager dans la peine, adoucir la douleur,
Si le vice a déchu l'un, le rendre meilleur
Puis agir envers tous comme fait un bon frère.

Qu'importe, si parfois l'effort semble inutile !
Une bonne action n'est jamais faite en vain,
Si pour aider un homme un seul lui tend la main
Il s'en trouve bientôt pour le secourir, mille.

Ainsi je pourrai dire à mon heure dernière
Que mon œuvre n'est pas une œuvre sans valeur,
Et c'est mon devoir fait sans regret, ni douleur
Que j'irai m'endormir à jamais dans la terre.

LES ÉGOÏSTES

Seuls des hommes, les égoïstes
Peuvent dire qu'ils sont heureux ;
Comment pourraient-ils être tristes
Du monde entier ils ne voient qu'eux ?

Mais tristes, ceux dont la pensée
Va plus loin vers les malheureux,
Vers tous ceux dont l'âme est blessée...
(Et ceux-ci, comme ils sont nombreux ! !)

Car on souffre quand on devine
Le secret douloureux des cœurs,
Quand ceux près de qui l'on chemine
Ont les yeux rougis par les pleurs ;

Mais ainsi, mieux vaut la souffrance,
Ouvrons notre cœur, laissons-la.
Le bonheur, par l'indifférence
A ce prix nous n'en voulons pas !

A PYTHAGORE

Pythagore, je crois à ta belle doctrine
Que nous n'aurions pas dû, poètes, oublier
A ce morceau sublime à la gamme divine :
Que les astres au ciel s'unissent pour chanter.

Comme toi j'ai cherché lorsque la nuit commence
A distinguer parmi les sons que j'entendais,
Un seul accord venu de ce concert immense
Qu'au-dessus de ma tête, aux cieux, je devinais.

Son exacte origine était pour toi mystère,
Tu le croyais produit par l'astre en mouvement.
Mais il vient de plus bas ; tous les chants de la terre
Vont s'unir dans le ciel pour y former un chant.

L'ETOILE

Les barques s'en vont sur la mer immense,
Ce ne sont bientôt que des points tremblants
Que le flot troublé sans cesse balance
Et que vers le large entraînent les vents...
— Mon cœur est parti sur la mer immense.

Les bateaux sont seuls sur la mer immense
On ne voit plus de terre à l'horizon,
Comme route ils ont la vague qui danse
Au-dessus s'étendent les cieux sans fond !
— Mon cœur est tout seul sur la mer immense.

Mais au fond du ciel brille la lumière
De l'étoile qui guide les bateaux,
Et dont la lueur amicale éclaire
Tout autour d'eux la surface des eaux !
— Une étoile brille au ciel de mon cœur !

RÊVE ET RÉALITÉ

Parfois, j'envie aux animaux
Le bonheur de leur insouciance
A quoi sert toute notre science ?
A mieux faire sentir nos maux !

Nous rêvons de faire le bien,
Nous construisons une morale
Parfaite, mais trop idéale,
Qui n'est jamais suivie en rien.

Nous voulons guérir les douleurs
Et soulager toute souffrance,
Nous voulons semer l'espérance
Et sécher dans les yeux, les pleurs.

Nous voudrions rendre meilleurs
Tous ceux que le malheur entraîne
Au vice, à l'envie, à la haine ;
Ranimer le bien dans leurs cœurs.

Mais toujours nos efforts sont vains,
Nous voyons, c'est notre souffrance
A côté de notre impuissance :
Tout l'infini des maux humains !

LE BESOIN DE CONNAITRE

L'enfant était penché sur le lac immobile ;
Une chose inquiétait son esprit inhabile,
Curieux pourtant, il aurait voulu savoir
Ce que cachaient les eaux, et cherchait à le voir.

Mais toujours en réponse à sa question troublante
Ses yeux ne rencontraient que l'eau calme et dormante.
Et le soir, quand il fut las de l'interroger
De sa recherche vaine, il se mit à pleurer !

Tels, nous levons les yeux au firmament limpide
Espérant voir, au lieu de l'implacable vide
Celui que nous cherchons sans pouvoir le trouver,
Le soir, désespérés, nous restons à pleurer.

Nous sommes travaillés du désir de connaître,
On le croit éteint, parfois il vient à renaître
Et nous jeter dans l'Inconnu, dans l'Infini
Qui malgré nos efforts demeurent incompris.

Comme Gœthe mourant, nous cherchons la lumière
Nous voudrions que tous les points obscurs s'éclairent,
Nous espérons en un rayon qui descendra...
Le rayon désiré ne nous vient toujours pas !

BIENTOT

Sous le linceul de son drap blanc,
Endormie, une enfant repose ;
Un rayon de soleil tremblant
Passe à travers le rideau rose ;

Le jour vient, le sommeil s'en va,
Bientôt l'enfant s'éveillera !

Sous un manteau de neige blanc,
La Nature froide repose ;
Mais soudain un rayon descend
Du ciel et sur le sol se pose.

Le printemps vient, l'hiver s'en va,
L'églantier bientôt fleurira !

Par les sentiers les amoureux
Foulant verdure nouvelette
Bientôt s'en iront deux à deux
Au bois cueillir la violette.

Bientôt le printemps reviendra
L'arbre d'Amour refleurira !

EXAMEN DE CONSCIENCE

Quand je cherche si je suis réellement bon
Et que je fouille mon âme jusques au fond,
Je m'aperçois toujours que bien du mal subsiste
Que j'avais cru détruit en moi, mais qui persiste.

Je voudrais que dans mon âme rien de mauvais,
Ni pensées, ni désirs ne se trouvât jamais,
Je crois toujours que j'atteindrai la Bonté vraie,
Et toujours mes efforts sont vains lorsque j'essaie.

Je voudrais être bon et que tout soit moral
Dans mes actes. Toujours quelque chose de mal
Vient s'y mêler malgré moi, quoique je fasse
Et j'ai peur qu'à la fin mon insuccès me lasse !

SYMPATHIES

A tous ceux qui souffrent je voudrais prendre
Leurs douleurs ou partager avec eux,
Je voudrais les consoler et les rendre
Tant qu'il est possible moins malheureux !

Je voudrais panser toutes leurs blessures
Et quand je ne pourrais pas les guérir,
Aux pauvres blessés les rendre moins dures
Et les empêcher un peu de souffrir.

Parfois je suis triste, c'est que je pense
A la multitude des malheureux,
A ceux qui souffrent dans l'ombre en silence
Je souffre de ne pouvoir rien pour eux !

VIES OBSCURES

Je passe, d'autres ont passé
Qui maintenant ont disparu.
Ce que je pense, ils l'ont pensé
Et ce que je vois, ils l'ont vu !

Ils ont vécu la vie obscure
Que nous vivrons sans qu'une trace
Subsistât de leur vie, et dure...
Puis, ils nous ont cédé la place.

Comme eux nous vivrons inconnus
Faisant simplement le devoir,
Et cédant au moment voulu
La place à d'autres pleins d'espoir.

Toutes ces tâches inconnues
Rendent l'humanité meilleure,
Ensemble elles sont devenues
Un progrès puissant qui demeure.

Ce que leur âme a de meilleur
Les pères le laissent aux fils,
Ce qui bat de bon dans nos cœurs
C'est le leur en nous qui revit !

L'IDÉAL

Oh, lorsqu'on est blessé par les choses réelles
Rêver, s'enfuir bien loin, aux régions éternelles
Dans la splendeur des infinis qu'on a créés
Et dans l'enivrement des Idéals rêvés ;

S'envoler, délivré des choses de la terre,
De la douleur, du laid, du mal, de la misère ;
Edifier et vivre un univers nouveau :
Monde parfait où tout soit bon, où tout soit beau !

Mais l'Idéal auquel nous voudrions monter,
Les devoirs quotidiens empêchent d'y songer.

LA LORELAY

Je ne sais pas pourquoi je suis triste, ce soir !
Un vieux conte allemand obsède ma mémoire :
Une vierge est assise au sommet d'un roc noir
Et passe en ses cheveux un fin peigne d'ivoire ;

L'air est frais et le Rhin bouillonne à flots pressés,
La jeune fille chante une chanson sauvage,
La voix est douce, hélas, et bien des bateliers
Qu'avaient ravis son chant et charmé son visage

Aux rochers de la rive ont brisé leurs canots,
Contemplant jusqu'au bout celle dont la romance
Avait causé leur mort. Ils dorment sous les flots
Et tous les soirs le chant sinistre recommence.

Le Poète est semblable aux bateliers du Rhin,
Il écoute les doux chants de la Poésie
Qui du plus bleu du ciel sourit et tend la main,
Les yeux sur elle, il meurt en méprisant la Vie.

L'HUMANITÉ

La nature à chaque printemps
Renaît toujours jeune et belle,
Et nous disons en l'enviant :
« Nous passons... elle est éternelle ! »

Mais les roses meurent aussi
Et les chênes même périssent,
Pour tout ce qui vit, c'est ainsi.
D'autres viennent, puis se détruisent.

Comme les plantes et les fleurs
Il faut mourir, mais sans tristesse,
Car si chaque individu meurt,
L'Humanité renaît sans cesse !

CEUX QUI SOUFFRENT

J'ai pensé bien souvent à ceux qui près de nous
Souffrent. On n'en sait rien. Pourtant il serait doux
A ces cœurs affamés d'amour et de tendresse
De sentir qu'à leurs maux, en frère, on s'intéresse.
Ils souffrent à côté de nous, on n'en sait rien.
Et pourtant, nous pourrions leur faire tant de bien
Si nous voulions, si nous étions moins égoïstes,
Plus attentifs à voir qu'ils sont parfois si tristes...
Ils passent à côté de nous le corps brisé
Et l'esprit plus malade encore, vite lassé ;
Ils ne connaissent plus la foi ni l'espérance
Et ne sentent parfois même plus la souffrance,
Et nous les coudoyons tous les jours sans les voir
Parce que nous ne regardons pas ; sans savoir
Que leur faire du bien nous serait si facile
Et vaudrait mieux que vivre en oisifs inutiles.
— C'est en pensant à tout cela que j'ai compris
Des choses qui m'avaient, enfant, laissé surpris.
Le vice avec tout ce que la misère amène
Et les regards profonds chargés de tant de haine...
Ils sont si malheureux qu'on doit les excuser
Ceux-là, qu'on doit aussi tant qu'on peut, s'efforcer
De ramener au bien ces âmes si déchues
Qu'un peu d'amour rendrait aux qualités perdues.

LES MOTS

Il est des mots chanteurs qui bercent la souffrance,
Il est des mots très purs qui monteut droit aux cieux,
Certains mots dans les cœurs réveillent l'espérance,
De bouches d'enfants sortent des mots délicieux.

Mais il n'est pas de mots dans les langues humaines
Pour exprimer l'amour véritable et profond.
Quand on aime vraiment, les paroles sont vaines,
Par un regard dans l'âme on plonge jusqu'au fond.

LE POÈTE

Le poète vit, poursuivant son rêve
Souvent déçu, découragé jamais,
Jusqu'au jour où la Mort enfin l'enlève
A la Terre et lui donne un peu de paix.

Son cœur est empli d'un amour immense
Où parfois il trouve un peu de bonheur ;
Mais bien plus souvent beaucoup de souffrance
Car c'est tout entier qu'il donne son cœur.

Parfois vers le Ciel son rêve l'entraîne
Il goûte un instant de parfait bonheur.
La réalité soudain le ramène
A la vie, à l'ordinaire douleur.

Trop grand est son idéal de la vie
Trop pur, le bonheur tel qu'il l'a conçu,
Aussi son âme est sans cesse meurtrie
Et par le réel son cœur est déçu !

L'ÈRE NOUVELLE

Bientôt peut-être, elle viendra l'Ère nouvelle
Si longtemps attendue et rêvée et si belle,
Où l'Entente sera profonde, où la Bonté
Fera très douce la vie en société,
Où les hommes unis d'une union plus étroite,
Vers le Bien et le Beau marcheront l'âme droite
Tendant à leurs compagnons de route une main,
De l'autre, relevant qui s'affaisse en chemin ;
Où nul de son voisin n'aura envie ou haine,
Où tout sera commun, le plaisir et la peine.

— Quand les hommes meilleurs auront enfin compris
Que le vrai bonheur c'est d'être bon pour autrui,
Qu'ils doivent s'aimer entre eux, ne haïr personne,
Qu'à ceux qui nous font du mal il faut qu'on pardonne,
Que nous devons les plaindre et les en aimer mieux,
Car plus on est méchant, plus on est malheureux !
C'est alors que viendra l'inoubliable aurore,
Peut-être proche et cependant lointaine encore...
Qu'y ayant travaillé comme c'est le devoir,
Aucun de nous n'aura le bonheur de la voir !

LE DÉSIR

Pareil au Prométhée antique, l'homme veut
Renaître en lui, sans fin, le désir frémissant.
Il s'avance, et toujours il éloigne son but
Sans regarder jamais le chemin parcouru.

Après avoir longtemps volé l'oiseau se pose,
Dans sa course, jamais l'homme ne se repose,
Un désir satisfait, un autre naît, l'entraîne
Vers quelque chimère insaisissable et lointaine.

Il ne fait pas attention à ce qu'il a,
Mais son esprit s'attache à tout ce qu'il n'a pas.
Il ne sait pas jouir de son bonheur réel
Car possédant la terre, il désire le ciel.

C'est, lorsque fatigué pour mourir, il s'arrête
Que mesurant de l'œil la route qu'il a faite,
Il s'aperçoit enfin que sa marche était vaine,
Et songe aux bosquets frais qu'il laissa dans la plaine.

VŒU ÉGOÏSTE

Il n'est qu'un amour : celui de la mère
Où jamais en vain ne se réfugie
Notre cœur, s'il est blessé par la vie
Ou déçu par sa trompeuse chimère.

C'est un amour que jamais on ne lasse,
Qui sait le remède à tout ce qui blesse,
Prodigue toujours de douces caresses
Sous lesquelles toute peine s'efface...

...Fasse le sort qu'à mon heure dernière
J'aie près de moi pour calmer ma souffrance,
Pour conserver jusqu'au bout l'espérance,
Et pour m'aider à bien mourir, ma mère.

Et que ce soit sa main qui ferme ma paupière !

UN SOIR JE M'EN IRAI...

Un beau jour à mon tour il me faudra mourir
Comme tant que j'ai vus, jeunes ou vieux partir
Après avoir vécu la peine ou le plaisir
Et dont fût effacé vite le souvenir...
Un beau jour à mon tour il me faudra mourir.

Un soir je m'en irai comme je suis venu,
Après avoir un court ou très long temps vécu,
Peut-être que, parmi ceux qui m'auront connu
Un ou deux passeront, puis n'y penseront plus!
Un soir je m'en irai comme je suis venu !

Mais si j'ai bien vécu, je m'en irai content
Examinant ma vie à mon dernier instant
Et voyant quelle fut mon œuvre, si je sens
Que je n'ai pas vécu mal, mais utilement,
La Mort me sera douce et je mourrai content.

Table des Matières

Seconde Partie

DOLE — IMPRIMERIE COURBE-ROUZET

www.ingramcontent.com/pod-product-compliance
Ingram Content Group UK Ltd.
Pitfield, Milton Keynes, MK11 3LW, UK
UKHW012107240726
13965UKWH00004B/1600

9 782013 046732